AF451527

19 Juin 1911

VENTE

HOTEL DROUOT — SALLE N° 7

Le Lundi 19 Juin 1911

A 2 heures

TABLEAUX

Anciens & Modernes

Mes GABRIEL & FOURNIER

COMMISSAIRES-PRISEURS

IMPRIMERIE MAULDE et RENOU

MAULDE, DOUMENC ET Cⁱᵉ

IMPRIMEURS DE LA COMPAGNIE DES COMMISSAIRES-PRISEURS

Rue de Rivoli, 144

CATALOGUE

DES

TABLEAUX

Anciens et Modernes

PAR

**Binet, Boudin, Chintreuil, Cordova, Du Mont, Fichel
Harpignies, Johannot, Jongkind, Marais
Navlet, Rebut, Rozier, Spohler, Thaulow, Vogler**

DONT LA VENTE AURA LIEU

HOTEL DROUOT — Salle n° 7

Le Lundi 19 Juin 1911

A 2 HEURES 1/2

Commissaires-Priseurs

Mᵉ Henri GABRIEL | **Mᵉ Édouard FOURNIER**
12. Rue Hippolyte-Lebas | Rue de Maubeuge. 29

Chez lesquels se distribue le Catalogue

EXPOSITION PUBLIQUE

Le Dimanche 18 Juin 1911, de 2 heures à 6 heures

PARIS — 1911

CONDITIONS DE LA VENTE

Elle sera faite **expressément au comptant**.

Les Acquéreurs paieront **dix pour cent** en sus du prix d'adjudication

MAULDE, DOUMENC et Cⁱᵉ, imp. de la Cⁱᵉ des Commissaires-Priseurs, rue de Rivoli, 144.   3oo—69967

Désignation

—⁂—

BINET

1 — Enfant de chœur.

Signé à gauche, en bas : BINET.

Toile. Haut. 0m54 ; Larg. 0m93.

BOUDIN (Eugène)

2 — Port de Trouville, marée basse.

Signé à droite, en bas : E. BOUDIN.

Panneau. Haut. 0m26 1/2 ; Larg. 0m40.

Vente STUMPF, n° 18.

BOUDIN (Eugène)

3 — Un Coup de mer.

Signé à droite, en bas : E. BOUDIN.

Panneau. Haut. 0m20 ; Larg. 0m30.

Vente STUMPF, n° 16.

BOURGUIGNON (Attribué à)

4 — Combat de Cavalerie.

CHINTREUIL

5 — Le Vieux saule.

> Signé à droite, en bas : CHINTREUIL.
> Toile. Haut. 0^{m}42 ; Larg. 0.66.

Vente STUMPF, n° 23. Vente DESBROSSES, n° 19, au dos le cachet de la vente.

P. CORDOVA

6 — Idylle.

> Signé à droite, en bas : P. CORDOVA.
> Panneau. Haut. 0^{m}54 ; Larg. 0^{m}40.

DIETERLE

7 — La Dernière meule.

DUMARESQ (ARMAND)

8 — Garde nationale à cheval (Armée de Paris, 1873).

> Signé à droite, en bas.
> (Aquarelle).

DU MONT

9 — Scène de Cabaret.

Signé en bas, à gauche : F. Du Mont, 1887.
Toile. Haut. 0^m32 ; Larg. 0^m24 1/2.

ÉCOLE FRANÇAISE

10 — Paysage.

ÉCOLE HOLLANDAISE

11 — Retour de la Chasse.

12 — Fermiers en Voyage.

13-16 — Natures mortes.

17 — Le Dévouement filial.

Toile. Haut. 0^m20 ; Larg. 0^m16 1/2.

ÉCOLE ITALIENNE

18 — Le Christ au Pressoir.

19 — Sujet Religieux.

Peinture sur cuivre.

FICHEL

20 — L'Horoscope.

> Signé à gauche, en bas : E. FICHEL, 1869.
> Panneau. Haut. 0^{m}27; Larg. 0^{m}20.

Vente STUMPF, n° 39.

HARPIGNIES

21 — Sous Bois.

> Signé à droite, en bas : HARPIGNIES.
> Toile. Haut. 0^{m}46; Larg. 0^{m}27.

T. JOHANNOT

22 — Scène de Pillage.

> Signé à gauche, en bas : T. JOHANNOT.
> Toile. Haut. 0^{m}69; Larg. 1^{m}00.

JONGKIND

23 — Rotterdam. Le Port au Saumon.

> Signé à droite, en bas : JONGKIND, 1870.
> Toile. Haut. 0^{m}33; Larg. 0^{m}24 1/2.

Vente STUMPF, n° 51.

LOUISE LANDRÉ

24 — L'Été.

> Signé à gauche, en bas : Louise LANDRÉ.
> Aquarelle.

LANSON

25 — Aubépine.

Panneau. Haut. 0ᵐ16; Larg. 0ᵐ21.

LEHOUX

26 — Étretat.

Aquarelle.

MARAIS

27 — Vaches au bord d'un Étang.

Signé à droite, en bas : Ad. MARAIS.
Toile. Haut. 0ᵐ33 1/2; Larg. 0ᵐ44 1/2.

Vente STUMPF, n° 65.

MARTINEZ

28-29 — Chevaux de Halage (2 pendants).

Signé à gauche, en bas : MARTINEZ.
Toile. Haut. 0ᵐ65; Larg. 0ᵐ53 1/2.

MARTIN-RICARD

30 — Nature morte.

Signé à droite, en bas : MARTIN-RICARD.
Toile. Haut. 0ᵐ59; Larg. 0ᵐ73.

L. NANON dit BURLIN

31-32 — Marines (2 pendants).

> Signé à gauche, en bas : L. NANON dit BURLIN.
> Toiles. Haut. 0^m35; Larg, 65.

NAVLET (JOSEPH)

33 — Scène de Brigandage.

> Signé à droite, en bas : Joseph NAVLET, 1860.
> Toile. Haut. 1^m25; Larg. 2^m37.

REBUT

34 — Sous Bois. Automne.

> Signé à gauche, en bas : A. REBUT. 1901.
> Panneau. Haut. 0^m25; Larg. 0^m34.

REMY

35 — Nature morte.

> Signé à gauche, en bas : REMY.
> Toile. Haut. 0^m41; Larg. 0^m33

ROZIER (D.)

36-37 — Bouquet de Fleurs (2 pendants).

> Signé à droite, en bas : D. ROZIER.
> Toiles. Haut. 0^m55; Larg. 0^m46.

SAUVAGE

38-39 — Paysages (2 pendants).

> Signé en bas, à droite : SAUVAGE.
> Panneaux. Haut. 0ᵐ35 ; Larg. 0ᵐ26.

G. SCHALCKEL

40 — Femme endormie.

> Signé à droite, en bas : G. SCHALCKEL.
> Panneau. Haut. 0ᵐ24 ; Larg. 0ᵐ31.

SPOHLER

41 — La Promenade.

> Signé à droite, en bas : J.-T. SPOHLER.
> Panneau. Haut. 0ᵐ20 ; Larg. 0ᵐ16.

SPOHLER

42 — Bords de Rivière.

> Signé à gauche, en bas : J.-T. SPOHLER.
> Panneau. Haut. 0ᵐ20 ; Larg. 0ᵐ16.

P. TESTU

43-44 — Pêcheuses (2 pendants).

> Signé à droite, en bas : P. TESTU.
> Toiles. Haut. 0ᵐ49 ; Larg. 0ᵐ65.

THAULOW (Frits)

45 — A Audenarde, le soir.

Toile. Haut. 0^{m}40; Larg. 0^{m}32 1/2.

Vente STUMPF, n° 79. Vente Arsène ALEXANDRE.

THAULOW (Frits)

46 — La Place du Château Royal, à Copenhague.

Signé à droite, en bas : Frits THAULOW, 82.
Panneau. Haut. 0^{m}32; Larg. 0^{m}36.

Vente STUMPF, n° 81.

VAN DYCK (École de)

47 — Salomon et la Reine de Saba.

Toile. Haut. 0^{m}69; Larg. 0^{m}85.

VOGLER

48 — Jouy-la-Fontaine. Effet de nuit.

Signé à gauche, en bas : P. VOGLER.
Toile. Haut. 0^{m}55; Larg. 0^{m}65

VOGLER

49 — Canal Saint-Martin.

Signé à gauche, en bas : P. VOGLER.
Toile. Haut. 0^{m}46; Larg. 0^{m}56.

VOGLER

50 — La Seine, à Épône.

> Signé à gauche, en bas : P. VOGLER.
> Toile. Haut. 0^m46 ; Larg. 0^m53.

VOGLER

51 — La Plaine, à Verneuil (Seine-et-Oise).

> Signé à gauche, en bas : P. VOGLER.
> Toile. Haut. 0^m51 ; Larg. 0^m65.

VOGLER

52 — Une Rue, à Jouy-le-Moutier.

> Signé à gauche, en bas : P. VOGLER.
> Toile. Haut. 0^m65 ; Larg. 0^m54.

VOGLER

53 — L'Église de Tessancourt.

> Signé à gauche, en bas.
> Toile. Haut. 0^m54. Larg. 0^m65.

VOGLER

54 — Vieux Moulin, à Véthcuil (Seine-et-Oise).

> Signé à gauche, en bas : P. VOGLER.
> Toile. Haut. 0^m54 ; Larg. 0^m65.

VOGLER

55 — Bords de Seine. Automne.

> Signé à gauche, en bas : P. VOGLER.
> Toile. Haut. 0ᵐ50; Larg. 0ᵐ65.

WOUWERMANN (Attribué à)

56 — Scène Villageoise.

> Panneau. Haut. 0ᵐ58; Larg. 46 1/2.

57 — Moutons au Pâturage.

> Panneau. Haut. 0ᵐ26; Larg. 0ᵐ40.

58 — Pêcheurs en Sicile. Aquarelle.

59-60 — Aquarelles diverses.

61-65 — Gravures vendues en lots.

66 — Tableaux non Catalogués.

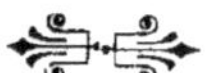